VIRGILIE

PAR

JEAN-MARIE-JOSEPH FOURBON

PREMIER LIVRE

Prix : 15 centimes; le cent, 10 francs.

CONNANGES, PRÈS LA CHAISE-DIEU

CHEZ L'AUTEUR.

LE PUY

J.-M. FREYDIER, IMPRIMEUR-LIBRAIRE

Place du Breuil, maison du Télégraphe.

—

1878

VIRGILIE

Y+

Ye

VIRGILIE

PAR

JEAN-MARIE-JOSEPH FOURBON

PREMIER LIVRE

Prix : 15 centimes; le cent, 10 francs.

CONNANGES, PRÈS LA CHAISE-DIEU

CHEZ L'AUTEUR.

LE PUY

J.-M. FREYDIER, IMPRIMEUR-LIBRAIRE

Place du Breuil, maison du Télégraphe.

1878

PREMIER CHANT

LES CATACOMBES

PIERRE.

Néron, dans un accès d'étrange frénésie
De mettre Rome en cendre ayant eu fantaisie,
Fit de son attentat retomber l'odieux
Sur les chrétiens d'ailleurs coupables à ses yeux
De trop grandes vertus ; et la foule romaine
A grands cris demanda qu'ils fussent dans l'arène
Jetés pour ses plaisirs en pâture aux lions.

Or, les chrétiens offraient leurs adorations
Au Verbe qui daigna pour le salut du monde
S'incarner dans le sein d'une vierge féconde.
Ici-bas l'homme-Dieu passa trente-trois ans ;
Tandis qu'il commandait en maître aux éléments,
Et faisait de son bras éclater la puissance,
Au peuple il avait soin de donner connaissance
De ses commandements et de la vérité.

Victime d'un complot qu'ourdit l'iniquité,

Sans se plaindre il souffrit les coups et les injures,
Et mourut au milieu d'effroyables tortures.
Trois jours après sa mort, comme il l'avait promis,
Il sortit du sépulcre, et sur ses ennemis
La résurrection assura sa victoire.
Aux cieux il remonta resplendissant de gloire.

Il avait dit à Pierre avant l'ascension :
— Pais mon troupeau, je veux que toute nation
A ton autorité soit désormais soumise ;
Pierre, je t'établis le chef de mon Eglise...
Aux Apôtres ensemble il avait dit : — Allez,
Mes lois à l'univers sans crainte enseignez-les,
Et versez sur les fronts au nom du Dieu suprême,
Père, Fils, Saint-Esprit, l'eau sainte du baptême.....

Les Apôtres auront contre eux d'iniques lois,
Les échafauds dressés par la fureur des rois,
Des prêtres, des faux dieux l'injuste violence,
Des populations la brutale insolence,
Rien ne les épouvante ; une croix à la main,
Tous pleins du Saint-Esprit se mettent en chemin
Pour aller conquérir à Dieu la terre entière.
Du flambeau de la foi brille au loin la lumière,
Et s'écroulent — l'Enfer en frissonne d'horreur —
Les temples élevés au vice par l'erreur,

Pierre est venu dans Rome annoncer l'Evangile ;
Il prêche nuit et jour, et dans la grande ville
Sa parole a conquis de nombreux partisans
Dont Jésus-Christ reçoit un légitime encens.

S'étendent au-dessous des campagnes romaines
En replis tortueux des routes souterraines ;
Là, pour les dérober aux fureurs des méchants,
L'Eglise encor naissante abrita ses enfants
Jusqu'au jour où sortant de cette nuit profonde,
Elle fit respecter ses lois dans tout le monde
Et resplendir sa croix sur le front des Césars.
Dans ces lieux inconnus des profanes regards
Pudens a fait orner avec magnificence
Par un habile peintre une caverne immense,
Abri sûr que l'Apôtre au culte a destiné.
Près de la voûte, au fond, l'artiste a dessiné
Du divin Rédempteur la sublime figure
Et celle, un peu plus bas, de sa mère très-pure.
Tandis que prosternés comme des courtisans,
De brillants séraphins leur offrent de l'encens,
Aux sons de lyres d'or mêlant leurs voix, des anges
Avec transports d'amour exaltent leurs louanges.
Tout le long de la nef cent lampes de vermeil
Par leurs feux réunis remplaçant le soleil,
D'un doux éclat le jour et la nuit resplendissent.
Les disciples du Christ le soir se réunissent

Une fois la semaine en ce tranquille lieu,
Où sans crainte à loisir ils bénissent leur Dieu.
La grotte a d'une croix l'exacte ressemblance ;
La nef et le transept servent pour l'assistance ;
Dans l'abside est l'autel fait d'un bois précieux
Sur lequel s'arrondit un dôme gracieux.

Pierre, le premier mars, plus tôt qu'à l'ordinaire
Convoque les chrétiens ; au béni sanctuaire,
Vers le déclin du jour, presque tous sont rendus.
Dans la maison de Dieu les rangs sont confondus ;
Le sénateur Pudens et toute sa famille
Sont mêlés dans la foule, et Praxède sa fille,
Avec la piété d'un zèle affectueux,
A recouvert l'autel d'ornements somptueux.
Comme Praxède, Olympe, Albine, Simonie,
Lucine, Damaris, Mételle, Virgilie
Se vouant sans partage au Dieu de sainteté
Ont condamné leurs sens à la virginité.

Virgilie à l'honneur d'une haute naissance
Joint l'éclat des vertus ; elle a dès son enfance
Par son mépris du monde et son humilité
Rehaussé la splendeur d'une rare beauté.
Ignorant l'action sur elle de la grâce
Son père l'a promise au patricien Horace,

Petit-fils du poète, et l'illustre Romain
S'attend d'un jour à l'autre à recevoir sa main.

L'Apôtre enveloppé d'une robe ondoyante
Et d'une mante d'or jusqu'à terre traînante,
Une tiare au front, d'un pas lent, solennel,
Quand tous sont arrivés, s'avance vers l'autel,
Fait un signe de croix et commence la messe,
Tandis qu'on chante en chœur cette hymne d'allégresse :

— Louange à l'Eternel : ouvrages de ses mains,
Les hommes sur la terre, au ciel les chérubins,
Les splendeurs de la nuit, l'aurore étincelante,
Du soleil radieux la lumière éclatante,
Les nuages portés sur les ailes des vents,
Et la terre féconde et les flots mugissants,
Tout proclame de Dieu les grandeurs, la puissance,
Tout raconte sa gloire et sa magnificence.....

Quand ce chant est fini, du séjour glorieux
Descendant sur l'autel, de son sang précieux,
Afin de satisfaire aux droits de sa justice,
A son Père le Verbe offre le sacrifice.
Bientôt après, de Pierre à genoux tour à tour
Les chrétiens ont reçu le sacrement d'amour,
Le corps de Jésus-Christ et son sang adorable ;
Et, le cœur inondé d'une joie ineffable,

1**

Vers la terre baissant modestement les yeux,
A sa place chacun retourne radieux.
Ils expriment tout bas de leur reconnaissance
Les suaves transports, puis leur chant recommence,
Et de leurs saints concerts l'ensemble harmonieux
Semble un écho lointain des cantiques des cieux.

S'approchent de l'autel vers la fin de la messe
Georges, Front, Martial, et Denis de la Grèce
A Rome pour voir Pierre arrivé récemment.
L'Apôtre les bénit et successivement
Leur impose les mains et les oint du saint chrême.

— Mes frères, leur dit-il, au nom du Dieu suprême,
Moi le représentant de son autorité,
Dans les Gaules je veux que de la vérité
Vous alliez sans retard porter la connaissance,
Faire du Rédempteur avec son assistance
Embrasser la doctrine et révérer la croix.....

Il remet à chacun une crosse de bois,
En disant : — Recevez la charge pastorale,
De l'Enfer abaissez l'influence fatale,
Que les vices par vous soient toujours combattus
Et partout établi le règne des vertus...

Leur mettant un anneau : — Constamment à l'Eglise
Veuillez, ajoute-t-il, garder la foi promise,

Vous faisant un devoir de publier ses lois,
Et contre les méchants de défendre nos droits.....

Pierre ensuite s'assied sur la chaise curule
Du sénateur Pudens, sur laquelle d'Hercule
Sont en bas-reliefs racontés les travaux.
S'adressant aux chrétiens, il leur parle en ces mots :

— De l'Eglise abhorrant la céleste doctrine
De viles passions complotent sa ruine,
Et Dieu semble plongé dans un profond sommeil ;
Mais terrible bientôt paraîtra son réveil.
Retentiront alors les éclats de sa foudre ;
Tous nos persécuteurs seront réduits en poudre,
Et l'Eglise qui doit dans d'obscurs souterrains
Célébrer maintenant les mystères divins
Du sein de cette nuit sortira triomphante.
Secouant les lambeaux de sa robe sanglante,
Elle se couvrira d'ornements précieux ;
L'on verra même un jour sur son front glorieux
Eclater les splendeurs d'un brillant diadème ;
Tous les vices frappés par elle d'anathème
L'attaqueront non moins furieux que les flots
Qui battent les rochers ; en stériles complots
Toujours s'épuiseront les efforts de leur rage.....
Des chrétiens ce discours raffermit le courage.

Au milieu de la nef, couvert de voiles blancs
Est le corps de Grécile ; à l'âge de vingt ans
Elle est depuis deux jours morte avec l'espérance
De recevoir au ciel bientôt la récompense
Par le divin Sauveur promise à la vertu.
Descendant de l'autel, d'ornements noirs vêtu,
Pierre vient se placer devant le corps et chante :
— Quand pour juger, Seigneur, l'humanité tremblante
Tu descendras des cieux, aux coups de ta fureur
Daigne la dérober en ce jour de terreur,
De longs gémissements, de poignantes alarmes,
De déchirants sanglots, d'angoisses et de larmes...
Sur un mode plus gai l'Apôtre chante encor :
— Anges, venez la prendre, et sur vos ailes d'or,
Portez-la dans Sion ; qu'en la cité brillante
Des vierges, des martyrs l'armée étincelante
La reçoive en triomphe, et qu'au séjour divin
Cette enfant d'Abraham repose sur son sein.....

Sur un large brancard recouvert de tentures
Dont les bords sont ornés de pieuses peintures
Par six vierges Grécile est portée aux tombeaux.
Les fidèles tenant à la main des flambeaux
En priant le Seigneur d'une voix suppliante
De vouloir pardonner à son humble servante,
Vers le champ du repos s'avancent lentement.
Dans la roche creusée horizontalement

En forme de berceau de la vierge on dépose
La dépouille mortelle, et puis la tombe est close
D'une pierre où ces mots sont gravés : — C'est ici
Que repose Grécile ; ô Seigneur, donnez-lui
Par le sang précieux qui fut versé pour elle
Le rafraîchissement et la paix éternelle.

DEUXIÈME CHANT

LA TABLE TOURNANTE

SIMON LE MAGICIEN.

Au milieu des horreurs d'une profonde nuit
Simon, qu'un noir chagrin depuis longtemps poursuit,
S'adressant à sa fille : — Une haine implacable
Est cause, lui dit-il, de l'ennui qui m'accable.
Un homme plein d'orgueil et bassement jaloux
Depuis plus de trente ans m'a voué son courroux
Et me force à subir sa funeste influence.

·Pour faire de mes dieux éclater la puissance,
Certain jour, au signal donné par l'empereur,
Je m'envole. Tandis qu'une immense clameur
Retentit dans les rangs de la foule romaine,
Fièrement je poursuis ma course aérienne
Emporté vers le ciel par quatre chevaux blancs
Sur un char ombragé de nuages sanglants.

Dans un coin du forum soudain j'aperçois Pierre.
Comme un serpent du sein de l'immonde poussière

Dans l'air atteint sa proie, ainsi le juif haineux
Dardant sur sa victime un regard venimeux,
Pris d'un fatal vertige il faut que je succombe :
Char, chevaux tout à coup tout disparaît. Je tombe
La tête la première, en bas précipité.
On m'emporte mourant et tout ensanglanté,
Couvert de honte, en butte aux sarcasmes de Rome.
Tu vois si j'ai raison de le haïr, cet homme
Impitoyablement acharné contre moi,
Qui par tous les moyens veut ma ruine. Et toi,
Fille dénaturée, au bourreau de ton père
Accordant, je le sais, ta confiance entière,
Chaque semaine au fond d'horribles souterrains
Tu vas participer à d'infâmes festins,
Dans le sein d'un enfant plonger des mains sanglantes,
Faire un affreux repas de ses chairs palpitantes,
Et par de vils amours outrager la pudeur.
Ne crains-tu pas qu'enfin dans ma juste fureur?...
— Les chrétiens pleins d'amour pour sa volonté sainte
De Dieu craignent l'offense et n'ont pas d'autre crainte.
— Tu parles dignement leur langage orgueilleux ;
Mais sache que Néron à bon droit furieux
Va les jeter en proie aux lions de l'arène.
— Contre nous de César impuissante est la haine.
— Mais tes parures d'or, tes vingt ans, ta beauté?...
— Excepté servir Dieu, tout n'est que vanité.

— Que voilà bien l'esprit de la secte exécrable.
De funestes conseils victime déplorable,
Va-t-en réfléchir, sors... Quand il est seul : — O dieux !
Dit-il grinçant des dents, dans leur sang odieux
Il faut que des chrétiens — par le Styx je le jure —
Se lave et sans retard cette nouvelle injure.
Il me semble déjà voir sur les échafauds
Voir leurs têtes rouler sous le fer des bourreaux,
Voir l'empire purgé de cette race immonde.....
Il dit, pose ses mains sur une table ronde,
Et demeure immobile et l'œil fixe un instant.
La table tout à coup tourne en pirouettant.
Quand elle a terminé sa course fantastique,
— Qu'es-tu, lui dit Simon ?... D'une voix sarcastique
Et fière en même temps que sonore : — Je suis,
Répond-elle, Satan, roi des enfers, je puis,
Me revêtant d'un corps te parler face à face.
Serait-ce ton désir ? Veux-tu que je le fasse ?
— Je le veux, dit Simon..... Apparaît à ses yeux
Au même instant un chien énorme, noir, hideux ;
Le feu sort de sa gueule, et comme des chandelles
De blafardes lueurs brillent ses deux prunelles ;
Autour du magicien il court en circulant.
Tout à coup il se change en un homme... Tremblant,
Simon a reculé d'horreur et d'épouvante.
Le spectre ricanant, et d'une voix tonnante :

— Parle donc, que veux-tu?... Reprenant ses esprits :
— Je veux, dit le vieillard, que les chrétiens pour prix
De leurs iniquités et de leur insolence
Périssent ; pour cela j'attends ton assistance.
— Les chrétiens ! J'ai pour eux une suprême horreur,
Plus qu'à la tienne ils ont des droits à ma fureur.
Que dis-je ? Ces maudits sont l'objet de ma rage.
L'idolâtrie était, tu le sais, mon ouvrage ;
Des hommes caressant les viles passions
J'avais su conquérir leurs adorations.
Saturne, Jupiter, Cérès, Vesta, Diane,
Bouddha, Moloch, Isis, Pan, Ormuz, Ahrimane,
Pluton, Neptune, Iris, Proserpine, Junon,
Pallas, Vulcain, Vénus, Mars, Mercure, Apollon,
Thor, Odin, Teutatès, et mille autres encore,
Sous ces différents noms, c'est moi seul qu'on adore.

Depuis que l'Evangile à l'empire des sens
Oppose sa morale, on m'offre moins d'encens,
Le brillant édifice assis sur ma doctrine
De toutes parts chancelle et menace ruine.
J'ai beau remplir l'enfer de mes gémissements,
Exhaler ma douleur en longs rugissements,
Devant ce résultat il faut que je m'incline.
L'Eglise vient du Christ, elle est partant divine,
Et l'ouvrage de Dieu, qui peut l'anéantir ?
Mais les siècles verront du moins s'appesantir

2**

Sur l'orgueil des chrétiens le poids de mes vengeances.
Ecoute là-dessus d'intimes confidences.

Traqués par les bourreaux des empereurs romains,
Ce n'est d'abord qu'au fond de sombres souterrains
Qu'ils pourront en tremblant faire leurs sacrifices.
Ils mourront en grand nombre au milieu des supplices,
Les uns par les lions au cirque dévorés,
Par des ongles de fer les autres déchirés,
Plusieurs écorchés vifs, d'autres par des tenailles
Verront broyer leurs os, arracher leurs entrailles,
D'autres seront rôtis sur des grilles de fer.
Malgré tous ces tourments inventés par l'Enfer,
Les flots de sang versés avec tant d'abondance
Doivent d'autres chrétiens devenir la semence.
Même un homme porté par un fatal destin
Au trône des Césars, le fameux Constantin
Proscrira mes autels dans son immense empire.
Je ne puis t'exprimer le dépit que m'inspire
Le succès des chrétiens; mais toutefois contre eux
J'attends de l'hérésie un concours précieux.

Arius, Eutychès, Photius, Cérullaire
Serviront contre Dieu mon ardente colère,
Et feront retomber l'Orient dans l'erreur.
Je verrai même, grâce à l'illustre imposteur,

Apôtre du mensonge et du sensualisme,
Qui fera refleurir les mœurs du paganisme,
Se répandre des flots de stupides guerriers
Qui dans le sang chrétien baigneront leurs coursiers.

Plus tard, un apostat répondant aux censures
Dont il sera flétri par d'ignobles injures,
Des papes deviendra l'adversaire fougueux.
La haine, la discorde et des combats affreux,
Des remparts renversés, des ruines fumantes,
Des fleuves vers la mer roulant des eaux sanglantes,
De toutes ces horreurs un moine révolté
Donnera le spectacle au monde épouvanté.

J'aurai lieu d'être fier du nord de l'Allemagne,
Et des pays du pôle, assez peu de l'Espagne,
Encore moins d'un peuple entre tous belliqueux,
Franc, gai, spirituel, surtout religieux,
Qui prendra de l'Eglise hautement la défense
Et pour elle souvent déploiera sa puissance.

J'aurai pourtant un jour la satisfaction
De courber sous mon joug la grande nation,
De la voir quelque temps d'insultes accablée,
Aux pieds par mes suppôts brutalement foulée
Dans le sang et la fange ; à deux hommes fameux
Sera dû cet étrange événement. L'un d'eux,

Un prétendu flambeau, dans un sombre délire
Plongé le plus souvent, composant sous l'empire
De rêves libéraux d'exécrables écrits,
De l'Eglise et des rois prêchera le mépris.

L'autre, immonde railleur, vomira le blasphème
Sur les mystères saints, sur Jésus-Christ lui-même.
A tous ceux qui voudront lui prêter leur concours,
Sans cesse il redira : — Mentez, mentez toujours,
Tous les moyens sont bons pour écraser l'infâme.....
Il suivra le premier ce cynique programme.
Avec moi son orgueil, son immoralité,
Son rire, la fureur de son impiété,
Envers le Fils de Dieu surtout son insolence
Donnent à ce vil être un air de ressemblance.

Pour mieux dire, dans lui je me suis incarné,
C'est moi qui par sa plume ai bafoué, traîné
Dans la boue et les mœurs et l'autel et le trône.
En ce hideux vieillard c'est moi que l'on couronne.
Par nos efforts, un peuple intelligent, poli,
Doux et fier, devenu grossier, lâche, avili,
Féroce, je le vois par des emplois profanes
Souiller les lieux sacrés, offrir aux courtisanes
Un sacrilége encens, dresser des échafauds,
Et d'un sang noble et pur faire couler des flots,

Objet pour ses voisins d'horreur et d'épouvante,
Ennemi de lui-même, et d'une main sanglante
Dans sa folle fureur se déchirant le sein.

Je vois donc avec joie accompli mon dessein.
Par malheur un héros chéri de la victoire,
Non content de remplir l'univers de sa gloire,
Pour mes suppôts et moi plein d'un profond mépris,
De la religion reconnaissant le prix,
Et pour la relever déployant sa puissance,
Lui rend l'antique éclat de sa magnificence.

Le temps qui retentit de son nom glorieux
Pour un autre motif m'est surtout odieux :
Temps pour Dieu de splendeur, pour moi d'ignominie,
Il sera surnommé le siècle de Marie.
A la Vierge seront plus que dans aucun temps
Partout rendus alors des honneurs éclatants ;
Et du nord au midi, du couchant à l'aurore,
Tout redira sa gloire, et, qui pis est encore,
— Je ne puis y penser sans rugir de douleur —
Un pape en ce temps-là, pour comble de malheur,
M'infligeant par cet acte une sanglante injure,
De sa conception exempte de souillure
Fera pour les chrétiens un article de foi.
Pense-t-on se moquer impunément de moi,

En exaltant ainsi la Vierge immaculée
Par laquelle ma tête est si souvent foulée !

Lorsque tout l'univers reconnaîtra leurs lois,
Les papes devront être et pontifes et rois,
Afin de gouverner avec indépendance,
Libres de toute entrave et de toute influence,
Et pour gage et garant de cette liberté
Ils auront un pouvoir de souveraineté.

Eh bien, pour exercer contre lui ma vengeance,
Je forme le dessein d'ôter cette puissance
Au pontife qui m'est justement odieux
Pour trop de dévouement à la Reine des cieux,

A l'Eglise donnant l'hypocrite assurance
De son respect, tandis qu'une sourde alliance
Le fera mon complice, un Judas couronné
Secondera mes plans, et sera détrôné,
Voire même captif le pape que j'abhorre.

Il est vrai toutefois que le Dieu qu'il adore
Et Marie écoutant les vœux de l'univers
Dès longtemps en prière, enfin sur les pervers
Le Seigneur irrité lancera son tonnerre ;
Ils seront tour à tour brisés comme le verre ;

Le pape secouru par un prince pieux
Reprendra sa couronne, et son front radieux
Brillera des splendeurs d'une nouvelle gloire.
Te plaît-elle, Simon, cette leçon d'histoire ?
— Voir triompher l'Eglise, en puis-je être content,
Moi qui veux l'étouffer ?... Lucifer s'emportant :
— Insensé, répond-il, l'Eglise étant divine,
As-tu quelque raison d'espérer sa ruine ?
Ce que j'ai dit tantôt, faut-il le répéter ?
Anéantir l'Eglise, impossible. Irriter
Contre elle les tyrans, bafouer ses maximes,
Ses bienfaits, ses vertus, les ériger en crimes,
Pousser le laïcisme à violer ses droits,
Railler ses sacrements, sa doctrine, ses lois,
Ses ministres, ses mœurs, la livrer en pâture
Aux sarcasmes grossiers d'une littérature
Impie et sans pudeur ; ne pouvant l'abolir,
Du moins auprès des sots tâcher de l'avilir
Par des contes impurs, c'est tout ce que peut faire
Et que fait tout méchant désireux de me plaire.

Pour toi, va chez Néron, ranime sa fureur,
Que l'Eglise bientôt contemple avec terreur
Ses enfants au milieu de cruelles injures
Broyés par les lions, brisés par les tortures.
Des filles de haut rang, joignant à la beauté
Les charmes et l'orgueil de la virginité,

Je les vois en grand nombre avec impertinence,
Sourdes à mes conseils, garder la continence,
Aimer et servir Dieu, n'estimer que le prix
De la vertu, pour moi n'avoir que du mépris.
Il faut que Virgilie, une d'elles, périsse.
Tu voudras bien, Simon, me rendre le service
De m'aider à flétrir sa belle âme et ses sens.
Si contre sa vertu nous sommes impuissants,
Que, passant de l'amour aux fureurs de la haine,
Néron la jette en proie aux lions de l'arène !.....
Il dit, un gouffre affreux, d'où s'échappent des flots
De bitume bouillant, des cris et des sanglots,
S'ouvre, et le magicien pâlissant d'épouvante,
Muet, les yeux hagards et la bouche béante,
Sur lui-même s'affaisse et reste anéanti
En voyant Lucifer par l'abîme englouti.

TROISIÈME CHANT

LA MAISON D'OR

NÉRON.

Après qu'en un transport d'exécrable colère
Il eut fait poignarder Agrippine sa mère,
Au milieu des splendeurs de son palais doré
Néron fut quelque temps de remords dévoré.
Devenu depuis lors encor plus redoutable,
Il réunit un soir ses flatteurs à sa table
Dans le triclinium splendidement orné.
Les convives, le front de fleurs environné,
Parfumés, revêtus de tuniques flottantes
Et de manteaux de soie aux couleurs éclatantes,
Sont mollement couchés sur des lits somptueux.
Debout, dans un maintien grave et respectueux,
Des esclaves parés avec magnificence
Découpent les morceaux et servent en cadence.
Les mets sont abondants, les vins délicieux ;
Et tandis qu'à l'envi des chants harmonieux

Célèbrent de Néron le génie admirable
Et la force et surtout la voix incomparable,
Douze gladiateurs combattant sur deux rangs
S'égorgent ; sur le sol arrosé des torrents
D'un sang noir un essaïm de danseuses s'élance,
Va, vient d'un pas rapide, en courant se balance,
Gesticule, bondit, tourbillonne en tout sens.

Pâle et de pureté les yeux resplendissants
Vers Néron Virgilie en ce moment s'avance,
L'artiste couronné commande le silence,
Prend sa lyre, et mêlant les accents de sa voix
Aux sons de l'instrument, chante ainsi les exploits
Des antiques romains : — Divine Melpomène,
Redis-nous les hauts faits de la valeur romaine.
Le lion, dont un fer a déchiré les flancs,
Rugit avec fureur, bondit, les yeux sanglants,
La crinière hérissée et la gueule béante,
Et le désert au loin frissonne d'épouvante.
Formidable cité, Rome, ainsi devant toi
L'Italie est d'abord frémissante d'effroi.
Ses peuples tour à tour deviennent notre proie,
Et semblables aux coups d'un lourd marteau qui broie
Les métaux les plus durs, bientôt de toutes parts
Nos assauts ont brisé les plus fermes remparts.
La cité de Didon brave notre colère ;
Pareil au Dieu puissant qui lance le tonnerre,

Scipion la foudroie ; ensuite nos guerriers
Cueillent dans l'Orient de faciles lauriers.

Romulus, Junius, Cincinnatus, Camille,
Fabius-Cunctator, Scipion, Paul-Emile,
Fabricius, Caton, Marcellus, Lucullus,
Marius et Sylla, Pompée et Métellus,
Et tant d'autres inscrits aux fastes de l'histoire
Ont à nos étendards enchaîné la victoire.
Sabins, habitants d'Albe, Eques, Volsques, Latins,
Celtes, Cimbres, Teutons, Thraces, Grecs, Africains,
Tatius, Porsenna, Jugurtha, Mithridate,
Annibal, Ptolémée, Aratus, Viriathe...
Se courbent tour à tour sous le joug de nos lois.
Que vois-je à l'Occident ? Magnanimes Gaulois,
Vous osez résister aux phalanges romaines !!
Tremblez, voici César ; il apporte des chaînes,
Et Vercingétorix, l'arverne audacieux
Devra briser enfin son glaive glorieux.
Des Gaulois Rome aussi sera la souveraine ;
Rome est des nations la maîtresse et la reine.
Donc le monde à mes pieds s'incline avec raison,
Puisque l'Etat c'est moi, que Rome c'est Néron.....

Il dit, et sous ses doigts frémit encor sa lyre
Que déjà redoutant son orgueil en délire

A genoux ses flatteurs se sont précipités
Le front dans la poussière, et debout sont restés
Seulement Virgilie, Octavie et son frère.
Néron dissimulant son ardente colère
Contre Britannicus, lui fait servir un vin
Où Locuste a versé deux gouttes d'un venin
Si subtil qu'à l'instant le jeune prince expire.
De fureur enflammée, hors d'elle en son délire
Sa sœur : — O Jupiter, quand verrons-nous enfin,
Dit-elle, ton tonnerre écraser l'assassin,
L'infâme empoisonneur, le vil incendiaire,
Le fléau des Romains et de la terre entière ?
O mon Britannicus, mon frère bien-aimé,
Je n'ai donc plus de toi qu'un corps inanimé !
Sur ton palais, Néron, puisse tomber la foudre !
Puissé-je voir ton sceptre et ta couronne en poudre,
Voir tes yeux arrachés, mangés par les corbeaux,
Voir tes membres rompus, dispersés en lambeaux,
De tes os, de ta chair voir un affreux mélange
Dévoré par les chiens et traîné dans la fange !
— Je saurai, dit Néron, adoucir ton chagrin.....
Il lui plonge à ces mots un poignard dans le sein ;
Sur le corps de son frère elle tombe expirante.
Après avoir foulé sa dépouille sanglante,
Néron les yeux sereins et le front radieux :
— Devant moi, chante-t-il, que sont les autres dieux !

Saturne et Jupiter ont des temples en Grèce,
A Corinthe Junon, Teutatès à Lutèce,
En Sicile Vulcain, à Cythère Vénus,
Apollon à Lesbos, à Carthage Plutus.
Moi, c'est chaque Romain qui me craint et m'honore,
Moi, c'est tout l'univers qui m'encense et m'adore.....
A ces mots les flatteurs : — Gloire à ta Majesté,
Grand prince, disent-ils, que ta divinité
De ses adorateurs daigne agréer l'hommage.....

Virgilie est debout seule, et de son courage
Qu'ils croient inopportun tous sont épouvantés.
Lui plongeant dans les yeux des regards irrités
Et brandissant le fer teint du sang d'Octavie :
— Renonce, dit Néron, à cette audace impie
Qui te porte au refus de fléchir les genoux
Èt t'expose aux fureurs de mon juste courroux.
— Il est, répond la vierge, un seul Etre suprême,
C'est Lui seul que je crains, de tout mon cœur je l'aime.
Sage, immense, éternel, juste, bon, tout-puissant,
Infiniment parfait, les cieux reconnaissant
Que c'est Lui qui daigna leur donner l'existence,
Racontent ses grandeurs et sa magnificence.
Il dit, et le soleil suspendu dans les airs
D'électriques rayons inonda l'univers,
La nuit s'enveloppa de magnifiques voiles,
Comme des diamants brillèrent les étoiles,

Le ciel fut sillonné d'éclairs étincelants,
Le tonnerre gronda, s'élancèrent les vents,
Roula de l'océan la vague mugissante,
S'épanouit des fleurs la corolle odorante,
Bondirent les troupeaux, et les monts orgueilleux
Dominant les vallons menacèrent les cieux.
L'homme ensuite est créé resplendissant de gloire
Et doué de raison, d'amour et de mémoire.
En lui la terre entière a salué son roi.
Quand coupable envers Dieu du mépris de sa loi
Dans l'esclavage il eut précipité le monde,
Pour s'incarner au sein d'une vierge féconde
Le Verbe descendit du séjour glorieux
Et vint nous racheter de son sang précieux.
Dans les transports d'amour que ta bonté m'inspire,
Mon Dieu, j'unis ma voix et les sons de ma lyre
Aux sons des lyres d'or, aux cantiques divins
Dont au ciel te bénit l'amour des séraphins ;
Comme eux, de tout mon cœur, je t'aime et je t'adore.

Et toi, Vierge Marie, aux splendeurs de l'aurore,
A l'éclat du soleil égale est ta beauté.
Rose au parfum suave et lis de pureté,
De son trône vers toi le Tout-Puissant s'incline.
— Viens, dit-il, du Liban, mon épouse divine ;
Les filles de Sion t'admirent, et mes yeux
Ne peuvent sur la terre et même dans les cieux,

Chef-d'œuvre de mes mains, voir rien qui te ressemble.
O toi, que j'aime plus que l'univers ensemble,
Viens, je ceindrai ton front d'une couronne d'or.

— Viens régner parmi nous, viens, te disent encor
De l'immortel séjour les brillantes phalanges,
Nous chanterons en chœur à jamais tes louanges,

— Viens, viens me secourir, te dirai-je à mon tour,
Cache-moi dans ton cœur comme dans une tour
Qui contre tous les traits me serve de défense,
O ma Mère et ma force et ma douce espérance.
Conserve toujours purs et mon cœur et mes sens,
Confonds les noirs desseins, et rends-les impuissants
Par l'invincible appui de ton bras tutélaire.
Ma bien-aimée, à toi...... Rugissant de colère :
— C'est assez, dit Néron, sans détour mes désirs
Les voici : Je promets trésors, gloire, plaisirs,
Pourvu que renonçant au culte que j'abhorre
Tu révères les dieux que l'univers adore.
— La gloire et les plaisirs sont à mes yeux sans prix,
Et pour tous les faux dieux je n'ai que du mépris.
— Il faut sous mes désirs que ton orgueil s'incline.
En attendant d'ici sors, et toi, Tigelline,
Travaille à l'arracher à son aveuglement.
— Je sers le même Dieu qu'elle, César. — Comment !

— —

Qu'entends-je, Tigellin ? Jusque dans ta famille
Une chrétienne !! Et toi, n'es-tu pas de ta fille
Le perfide complice ? Ignores-tu l'horreur
Que tout chrétien m'inspire ?..... Eperdu de terreur,
Tigellin à genoux tombe et demande grâce.
— Que ma fille appartînt à cette infâme race,
Je l'ignorais, César, dit-il, et par les dieux
Je le jure, toujours ces chrétiens odieux,
Ces sombres ennemis de la gloire romaine
Et de nos lois, seront les objets de ma haine.....

Comme il parlait encor, Paul est devant Néron
Conduit — la chaîne au cou — par un centurion.
— César, j'ai fait, dit-il, appel à ta justice.
Les Juifs ont demandé qu'on me livre au supplice,
Parce que je soutiens que Jésus-Christ est Dieu.
Or, voici les raisons qui me donnèrent lieu,
Malgré mes préjugés, d'embrasser sa doctrine.
Loin de croire d'abord sa mission divine,
Je le pris pour un fourbe, et je persécutai
Ses disciples ; un jour, à cheval je montai
Et courus vers Damas, lorsqu'un flot de lumière
Tout à coup m'éblouit ; roulant dans la poussière
Je restai quelque temps demi-mort de terreur.
— D'où te vient contre moi, Saul, Saul, tant de fureur ?
Me dit venant du ciel une voix éclatante.
— Qui, Seigneur, êtes-vous ? dis-je plein d'épouvante...

Il me fut répondu : — Je suis Jésus, le roi
De la terre et des cieux ; du flambeau de la foi
Pour ma gloire je veux que dans la terre entière
Tu fasses désormais resplendir la lumière.....
Depuis, aux nations, même devant les rois
J'ai prêché du vrai Dieu la doctrine et les lois.
A Sidon, à Damas, aux Juifs, aux Syriens,
Aux habitants du Pont, aux Cappadociens,
A Smyrne, dans Ephèse, et dans la Cilicie,
A Tarse, à Mitylène, et dans la Galatie,
Ensuite dans l'Europe, aux Macédoniens,
Aux Thébains, aux Crétois, voire aux Athéniens.
J'irai, quand tu m'auras laissé libre, en Espagne,
Dans les Gaules, enfin dans la Grande-Bretagne.
J'ai, César, un désir à t'exprimer encor.
Puisses-tu renoncer à tes idoles d'or,
Etre, exceptés ces fers, ce que je suis moi-même,
Et rendre comme nous hommage au Dieu suprême !
Au reste la croyance à plusieurs tout-puissants,
Outre qu'elle est impie, est contraire au bon sens.
Ils auraient en effet une égale puissance
Ou bien sur tous l'un d'eux aurait la préséance ;
Entre ces deux partis il n'est pas de milieu.
Or, dans le premier cas, pas un ne serait Dieu,
Un seul évidemment l'est dans l'autre hypothèse.

— Les arguments produits pour soutenir la thèse

Que tu viens d'établir, supposons-les certains.
Dis-moi ce que ton Dieu demande des humains ;
Quelles sont les vertus qu'impose son service ?
— Il faut, pour le servir, pratiquer la justice,
L'humilité du cœur, la pureté des sens,
Bien se garder d'offrir aux faux dieux son encens,
De Jésus adorer la majesté suprême,
L'aimer jusqu'au mépris, à l'oubli de soi-même,
Bénir, aimer encor la Vierge de Sion
Dont le sein glorieux pour la rédemption
Du monde produisit la chair immaculée
Qui fut dans les tourments sur la croix immolée.....
— De ta religion, Paul, déjà trop longtemps
Je t'ai laissé parler, mais désormais j'entends
Qu'enfin sur tout cela tu gardes le silence.
— A Dieu plutôt qu'à toi je dois obéissance,
Et, la grâce m'aidant, j'espère que toujours
Je ferai mon devoir... — Trève de vains discours.
Au fond d'un noir cachot que d'abord on l'emmène !...

Bientôt après, Néron lentement se promène
Dans le cirque éclairé par de vivants flambeaux.
Plus de mille chrétiens revêtus de manteaux
De cire et de résine, hommes, enfants et femmes
Sont livrés en pâture à la fureur des flammes ;
Et tandis que leur chair s'écoule en noirs torrents,
Chacun d'eux vers le ciel lève ses yeux sanglants

Opposant aux ardeurs du feu qui le dévore
Le feu de son amour pour le Dieu qu'il adore.

Comme il est en prison conduit chargé de fers,
Paul entend retentir d'harmonieux concerts,
Pour les martyrs au ciel voit se dresser des trônes
Et les anges sur eux balancer des couronnes.

Le Puy. — Imprimerie catholique J.-M. Freydier.

www.ingramcontent.com/pod-product-compliance
Lightning Source LLC
Chambersburg PA
CBHW060911180626
46818CB00004B/1923